Jacques d'Amour

Emile Zola

I

Là-bas, à Nouméa, lorsque Jacques Damour regardait l'horizon vide de la mer, il croyait y voir parfois toute son histoire, les misères du siège, les colères de la commune, puis cet arrachement qui l'avait jeté si loin, meurtri et comme assommé. Ce n'était pas une vision nette des souvenirs où il se plaisait et s'attendrissait, mais la sourde rumination d'une intelligence obscurcie, qui revenait d'elle-même à certains faits restés debout et précis, dans l'écroulement du reste.

À vingt-six ans, Jacques avait épousé Félicie, une grande belle fille de dix-huit ans, la nièce d'une fruitière de la Villette, qui lui louait une chambre.

Lui, était ciseleur sur métaux et gagnait jusqu'à des douze francs par jour ; elle, avait d'abord été couturière ; mais, comme ils eurent tout de suite un garçon, elle arriva bien juste à nourrir le petit et à soigner le ménage. Eugène poussait gaillardement. Neuf ans plus tard, une fille vint à son tour ; et celle-là, Louise, resta longtemps si chétive, qu'ils dépensèrent beaucoup en médecins et en drogues.

Pourtant, le ménage n'était pas malheureux. Damour faisait bien parfois le lundi ; seulement, il se montrait raisonnable, allait se coucher, s'il avait trop bu, et retournait le lendemain au travail, en se traitant lui-même de propre à rien. Dès l'âge de douze ans, Eugène fut mis à l'étau. Le gamin savait à peine lire et écrire, qu'il gagnait déjà sa vie. Félicie, très propre, menait la maison en femme adroite et prudente, un peu « chienne » peut-être, disait le père, car elle leur servait des légumes plus souvent que de la viande, pour mettre des sous de côté, en cas de malheur.

Ce fut leur meilleure époque. Ils habitaient, à Ménilmontant, rue des Envierges, un logement de trois pièces, la chambre du père et de la mère, celle d'Eugène, et une salle à manger où ils avaient installé les étaux, sans compter la cuisine et un cabinet pour Louise. C'était au fond d'une cour, dans un petit bâtiment ; mais ils avaient tout de même de l'air, car leurs fenêtres ouvraient sur un chantier de démolitions, où, du matin au soir, des charrettes venaient décharger des tas de décombres et de vieilles planches.

Lorsque la guerre éclata, les Damour habitaient la rue des Envierges depuis dix ans. Félicie, bien qu'elle approchât de la quarantaine, restait jeune, un peu engraissée, d'une rondeur d'épaules et de hanches qui en faisait la belle femme du quartier.

Au contraire, Jacques s'était comme séché, et les huit années qui les séparaient le montraient déjà vieux à côté d'elle. Louise, tirée de danger, mais toujours délicate, tenait de son père, avec ses maigreurs de fillette ; tandis qu'Eugène, alors âgé de dix-neuf ans, avait la taille haute et le dos large de sa mère. Ils vivaient très unis, en dehors des quelques lundis où le père et le fils s'attardaient chez les marchands de vin. Félicie boudait, furieuse des sous mangés. Même, à deux ou trois reprises, ils se battirent ; mais cela ne tirait point à conséquence, c'était la faute du vin, et il n'y avait pas dans la maison de famille plus rangée. On les citait pour le bon exemple. Quand les Prussiens marchèrent sur Paris, et que le terrible chômage commença, ils possédaient plus de mille francs à la Caisse d'épargne. C'était beau, pour des ouvriers qui avaient élevé deux enfants.

Les premiers mois du siège ne furent donc pas très durs. Dans la salle à manger, où les étaux dormaient, on mangeait encore du pain blanc et de la viande. Apitoyé par la misère d'un voisin, un grand diable de peintre en bâtiment nommé Berru et qui crevait de faim, Damour put même lui faire la charité de l'inviter à dîner parfois ; et bientôt le camarade vint matin et soir. C'était un farceur ayant le mot pour rire, si bien qu'il finit par désarmer Félicie, inquiète et révoltée devant cette large bouche qui engloutissait les meilleurs morceaux. Le soir, on jouait aux cartes, en tapant sur les Prussiens. Berru, patriote, parlait de creuser des mines, des souterrains dans la campagne, et d'aller ainsi jusque sous leurs batteries de Châtillon et de Montretout, afin de les faire sauter. Puis, il tombait sur le gouvernement, un tas de lâches qui, pour ramener Henri V, voulaient ouvrir les portes de Paris à Bismarck. La république de ces traîtres lui faisait hausser les épaules. Ah ! la république ! Et, les deux coudes sur la table, sa courte pipe à la bouche, il expliquait à Damour son gouvernement à lui, tous frères, tous libres, la richesse à tout le monde, la justice et l'égalité régnant partout, en haut et en bas.

— Comme en 93, ajoutait-il carrément, sans savoir.

Damour restait grave. Lui aussi était républicain, parce que, depuis le berceau, il entendait dire autour de lui que la république serait un jour le triomphe de l'ouvrier, le bonheur universel. Mais il n'avait pas d'idée arrêtée sur la façon dont les choses devaient se passer. Aussi écoutait-il Berru avec attention, trouvant qu'il raisonnait très bien, et que, pour sûr, la république arrivait comme il le disait.

Il s'enflammait, il croyait fermement que, si Paris entier, les hommes, les femmes, les enfants, avaient marché sur Versailles en chantant La Marseillaise, on aurait culbuté les Prussiens, tendu la main à la province et fondé le gouvernement du peuple, celui qui devait donner des rentes à tous les citoyens.

— Prends garde, répétait Félicie pleine de méfiance, ça finira mal, avec ton Berru. Nourris-le, puisque ça te fait plaisir ; mais laisse-le aller se faire casser la tête tout seul.

Elle aussi voulait la république. En 48, son père était mort sur une barricade. Seulement, ce souvenir, au lieu de l'affoler, la rendait raisonnable. À la place du peuple, elle savait, disait-elle, comment elle forcerait le gouvernement à être juste : elle se conduirait très bien. Les discours de Berru l'indignaient et lui faisaient peur, parce qu'ils ne lui semblaient pas honnêtes. Elle voyait que Damour changeait, prenait des façons, employait des mots, qui ne lui plaisaient guère. Mais elle était plus inquiète encore de l'air ardent et sombre dont son fils Eugène écoutait Berru. Le soir, quand Louise s'était endormie sur la table, Eugène croisait les bras, buvait lentement un petit verre d'eau-de-vie, sans parler, les yeux fixés sur le peintre, qui rapportait toujours de Paris quelque histoire extraordinaire de traîtrise : des bonapartistes faisant, de Montmartre, des signaux aux Allemands, ou bien des sacs de farine et des barils de poudre noyés dans la Seine, pour livrer la ville plus tôt.

— En voilà des cancans ! disait Félicie à son fils, quand Berru s'était décidé à partir. Ne va pas te monter la tête, toi ! Tu sais qu'il ment.

— Je sais ce que je sais, répondait Eugène avec un geste terrible.

Vers le milieu de décembre, les Damour avaient mangé leurs économies. À chaque heure, on annonçait une défaite des Prussiens en province, une sortie victorieuse qui allait enfin délivrer Paris ; et le ménage ne fut pas effrayé d'abord, espérant sans cesse que le travail reprendrait. Félicie faisait des miracles, on vécut au jour le jour de ce pain noir du siège, que seule la petite Louise ne pouvait digérer. Alors, Damour et Eugène achevèrent de se monter la tête, ainsi que disait la mère. Oisifs du matin au soir, sortis de leurs habitudes, et les bras mous depuis qu'ils avaient quitté l'étau, ils vivaient dans un malaise, dans un effarement plein d'imaginations baroques et sanglantes. Tous deux s'étaient bien mis d'un bataillon de marche, seulement, ce bataillon, comme beaucoup d'autres, ne sortit même pas des fortifications, caserné dans un poste où les hommes passaient les journées à jouer aux cartes. Et ce fut là que Damour, l'estomac vide, le cœur serré de savoir la misère chez lui, acquit la conviction, en écoutant les nouvelles des uns et des autres, que le gouvernement avait juré d'exterminer le peuple, pour être maître de la république.

Berru avait raison : personne n'ignorait qu'Henri V était à saint-Germain, dans une maison sur laquelle flottait un drapeau blanc. Mais ça finirait. Un de ces quatre matins, on allait leur flanquer des coups de fusil, à ces crapules qui affamaient et qui laissaient bombarder les ouvriers, histoire simplement de faire de la place aux nobles et aux prêtres.

Quand Damour rentrait avec Eugène, tous deux enfiévrés par le coup de folie du dehors, ils ne parlaient plus que de tuer le monde, devant Félicie pâle et muette, qui soignait la petite Louise retombée malade, à cause de la mauvaise nourriture.

Cependant, le siège s'acheva, l'armistice fut conclu, et les Prussiens défilèrent dans les Champs-Elysées. Rue des Envierges, on mangea du pain blanc, que Félicie était allée chercher à saint-Denis.

Mais le dîner fut sombre. Eugène, qui avait voulu voir les Prussiens, donnait des détails, lorsque Damour, brandissant une fourchette, cria furieusement qu'il aurait fallu guillotiner tous les généraux. Félicie se fâcha et lui arracha la fourchette.

Les jours suivants, comme le travail ne reprenait toujours pas, il se décida à se remettre à l'étau pour son compte : il avait quelques pièces fondues, des flambeaux, qu'il voulait soigner, dans l'espoir de les vendre. Eugène, ne pouvant tenir en place, lâcha la besogne, au bout d'une heure. Quant à Berru, il avait disparu depuis l'armistice ; sans doute, il était tombé ailleurs sur une meilleure table. Mais, un matin, il se présenta très allumé, il raconta l'affaire des canons de Montmartre. Des barricades s'élevaient partout, le triomphe du peuple arrivait enfin ; et il venait chercher Damour, en disant qu'on avait besoin de tous les bons citoyens.

Damour quitta son étau, malgré la figure bouleversée de Félicie. C'était la Commune.

Alors, les journées de mars, d'avril et de mai se déroulèrent. Lorsque Damour était las et que sa femme le suppliait de rester à la maison, il répondait : .

— Et mes trente sous ? Qui nous donnera du pain ?

Félicie baissait la tête. Ils n'avaient, pour manger, que les trente sous du père et les trente sous du fils, cette paie de la garde nationale que des distributions de vin et de viande salée augmentaient parfois. Du reste, Damour était convaincu de son droit, il tirait sur les Versaillais comme il aurait tiré sur les Prussiens, persuadé qu'il sauvait la république et qu'il assurait le bonheur du peuple.

Après les fatigues et les misères du siège, l'ébranlement de la guerre civile le faisait vivre dans un cauchemar de tyrannie, où il se débattait en héros obscur, décidé à mourir pour la défense de la liberté. Il n'entrait pas dans les complications théoriques de l'idée communaliste. À ses yeux, la Commune était simplement l'âge d'or annoncé, le commencement de la félicité universelle ; tandis qu'il croyait, avec plus d'entêtement encore, qu'il y avait quelque part, à saint-Germain ou à Versailles, un roi prêt à rétablir l'inquisition et les droits des seigneurs, si on le laissait entrer dans Paris. Chez lui, il n'aurait pas été capable d'écraser un insecte ; mais, aux avant-postes, il démolissait les gendarmes, sans un scrupule. Quand il revenait, harassé, noir de sueur et de poudre, il passait des heures auprès de la petite Louise, à l'écouter respirer. Félicie ne tentait plus de le retenir, elle attendait avec son calme de femme avisée la fin de tout ce tremblement.

Pourtant, un jour, elle osa faire remarquer que ce grand diable de Berru, qui criait tant, n'était pas assez bête pour aller attraper des coups de fusil.

Il avait eu l'habileté d'obtenir une bonne place dans l'intendance ; ce qui ne l'empêchait pas, quand il venait en uniforme, avec des plumets et des galons, d'exalter les idées de Damour par des discours où il parlait de fusiller les ministres, la Chambre, et toute la boutique, le jour où on irait les prendre à Versailles.

— Pourquoi n'y va-t-il pas lui-même, au lieu de pousser les autres ? disait Félicie.

Mais Damour répondait :

— Tais-toi. Je fais mon devoir. Tant pis pour ceux qui ne font pas le leur !

Un matin, vers la fin d'avril, on rapporta, rue des Envierges, Eugène sur un brancard. Il avait reçu une balle en pleine poitrine, aux Moulineaux.

Comme on le montait, il expira dans l'escalier.

Quand Damour rentra le soir, il trouva Félicie silencieuse auprès du cadavre de leur fils. Ce fut un coup terrible, il tomba par terre, et elle le laissa sangloter, assis contre le mur, sans rien lui dire, parce qu'elle ne trouvait rien, et que, si elle avait lâché un mot, elle aurait crié : « C'est ta faute ! » Elle avait fermé la porte du cabinet, elle ne faisait pas de bruit, de peur d'effrayer Louise. Aussi alla-t-elle voir si les sanglots du père ne réveillaient pas l'enfant. Lorsqu'il se releva, il regarda longtemps, contre la glace, une photographie d'Eugène, où le jeune homme s'était fait représenter en garde national. Il prit une plume et écrivit au bas de la carte : « Je te vengerai », avec la date et sa signature. Ce fut un soulagement.

Le lendemain, un corbillard drapé de grands drapeaux rouges conduisit le corps au Père-Lachaise, suivi d'une foule énorme.

Le père marchait tête nue, et la vue des drapeaux, cette pourpre sanglante qui assombrissait encore les bois noirs du corbillard, gonflait son cœur de pensées farouches. Rue des Envierges, Félicie était restée près de Louise. Dès le soir, Damour retourna aux avant-postes tuer des gendarmes.

Enfin, arrivèrent les journées de mai. L'armée de Versailles était dans Paris. Il ne rentra pas de deux jours, il se replia avec son bataillon, défendant les barricades, au milieu des incendies. Il ne savait plus, il tirait des coups de feu dans la fumée, parce que tel était son devoir. Le matin du troisième jour, il reparut rue des Envierges, en lambeaux, chancelant et hébété comme un homme ivre. Félicie le déshabillait et lui lavait les mains avec une serviette mouillée, lorsqu'une voisine dit que les communards tenaient encore dans le Père Lachaise, et que les Versaillais ne savaient comment les en déloger. .

— J'y vais, dit-il simplement.

Il se rhabilla, il reprit son fusil. Mais les derniers défenseurs de la Commune n'étaient pas sur le plateau, dans les terrains nus, où dormait Eugène. Lui, confusément, espérait se faire tuer sur la tombe de son fils. Il ne put même aller jusque-là. Des obus arrivaient, écornaient les grands tombeaux. Entre les ormes, cachés derrière les marbres qui blanchissaient au soleil, quelques gardes nationaux lâchaient encore des coups de feu sur les soldats, dont on voyait les pantalons rouges monter. Et Damour arriva juste à point pour être pris.

On fusilla trente-sept de ses compagnons. Ce fut miracle s'il échappa à cette justice sommaire. Comme sa femme venait de lui laver les mains et qu'il n'avait pas tiré, peut-être voulut-on lui faire grâce. D'ailleurs, dans la stupeur de sa lassitude, assommé par tant d'horreurs, jamais il ne s'était rappelé les journées qui avaient suivi. Cela restait en lui à l'état de cauchemars confus : de longues heures passées dans des endroits obscurs, des marches accablantes au soleil, des cris, des coups, des foules béantes au travers desquelles il passait. Lorsqu'il sortit de cette imbécillité, il était à Versailles, prisonnier.

Félicie vint le voir, toujours pâle et calme. Quand elle lui eut appris que Louise allait mieux, ils restèrent muets, ne trouvant plus rien à se dire. En se retirant, pour lui donner du courage, elle ajouta qu'on s'occupait de son affaire et qu'on le tirerait de là. Il demanda :

— Et Berru ?

— Oh ! répondit-elle, Berru est en sûreté... Il a filé trois jours avant l'entrée des troupes, on ne l'inquiétera même pas.

Un mois plus tard, Damour partait pour la Nouvelle-Calédonie. Il était condamné à la déportation simple. Comme il n'avait eu aucun grade, le conseil de guerre l'aurait peut-être acquitté, s'il n'avait avoué d'un air tranquille qu'il faisait le coup de feu depuis le premier jour. À leur dernière entrevue, il dit à Félicie :

— Je reviendrai. Attends-moi avec la petite.

Et c'était cette parole que Damour entendait le plus nettement, dans la confusion de ses souvenirs, lorsqu'il s'appesantissait, la tête lourde, devant l'horizon vide de la mer.

La nuit qui tombait le surprenait là parfois. Au loin, une tache claire restait longtemps, comme un sillage de navire, trouant les ténèbres croissantes ; et il lui semblait qu'il devait se lever et marcher sur les vagues, pour s'en aller par cette route blanche, puisqu'il avait promis de revenir.

II

À Nouméa, Damour se conduisait bien. Il avait trouvé du travail, on lui faisait espérer sa grâce.

C'était un homme très doux, qui aimait à jouer avec les enfants. Il ne s'occupait plus de politique, fréquentait peu ses compagnons, vivait solitaire ; on ne pouvait lui reprocher que de boire de loin en loin, et encore avait-il l'ivresse bonne enfant, pleurant à chaudes larmes, allant se coucher de lui-même. sa grâce paraissait donc certaine, lorsqu'un jour il disparut. On fut stupéfait d'apprendre qu'il s'était évadé avec quatre de ses compagnons.

Depuis deux ans, il avait reçu plusieurs lettres de Félicie, d'abord régulières, bientôt plus rares et sans suite. Lui-même écrivait assez souvent. Trois mois se passèrent sans nouvelles. Alors, un désespoir l'avait pris, devant cette grâce qu'il lui faudrait peut-être attendre deux années encore ; et il avait tout risqué, dans une de ces heures de fièvre dont on se repent le lendemain. Une semaine plus tard, on trouva sur la côte, à quelques lieues, une barque brisée et les cadavres de trois des fugitifs, nus et décomposés déjà, parmi lesquels des témoins affirmèrent qu'ils reconnaissaient Damour.

C'étaient la même taille et la même barbe. Après une enquête sommaire, les formalités eurent lieu, un acte de décès fut dressé, puis envoyé en France sur la demande de la veuve, que l'Administration avait avertie. Toute la presse s'occupa de l'aventure, un récit très dramatique de l'évasion et de son dénouement tragique passa dans les journaux du monde entier.

Cependant, Damour vivait.

On l'avait confondu avec un de ses compagnons, et cela d'une façon d'autant plus surprenante que les deux hommes ne se ressemblaient pas. Tous deux, simplement, portaient leur barbe longue. Damour et le quatrième évadé, qui avait survécu comme par miracle, se séparèrent, dès qu'ils furent arrivés sur une terre anglaise ; ils ne se revirent jamais, sans doute l'autre mourut de la fièvre jaune, qui faillit emporter Damour lui-même. Sa première pensée avait été de prévenir Félicie par une lettre. Mais un journal étant tombé entre ses mains, il y trouva le récit de son évasion et la nouvelle de sa mort. Dès ce moment, une lettre lui parut imprudente ; on pouvait l'intercepter, la lire, arriver ainsi à la vérité. Ne valait-il pas mieux rester mort pour tout le monde ?

Personne ne s'inquiéterait plus de lui, il rentrerait librement en France, il attendrait l'amnistie pour se faire reconnaître. Et ce fut alors qu'une terrible attaque de fièvre jaune le retint pendant des semaines, dans un hôpital perdu.

Lorsque Damour entra en convalescence, il éprouva une paresse invincible. Pendant plusieurs mois, il resta très faible encore et sans volonté. La fièvre l'avait comme vidé de tous ses désirs anciens.

Il ne souhaitait rien, il se demandait à quoi bon.

Les images de Félicie et de Louise s'étaient effacées. Il les voyait bien toujours, mais très loin, dans un brouillard, où il hésitait parfois à les reconnaître. sans doute, dès qu'il serait fort, il partirait pour les rejoindre. Puis, quand il fut enfin debout, un autre plan l'occupa tout entier. Avant d'aller retrouver sa femme et sa fille, il rêva de gagner une fortune.

Que ferait-il à Paris ? il crèverait de faim, il serait obligé de se remettre à son étau, et peut-être même ne trouverait-il plus de travail, car il se sentait terriblement vieilli. Au contraire, s'il passait en Amérique, en quelques mois il amasserait une centaine de mille francs, chiffre modeste auquel il s'arrêtait, au milieu des histoires prodigieuses de millions dont bourdonnaient ses oreilles.

Dans une mine d'or qu'on lui indiquait, tous les hommes, jusqu'aux plus humbles terrassiers, roulaient carrosse au bout de six mois. Et il arrangeait déjà sa vie : il rentrait en France avec ses cent mille francs, achetait une petite maison du côté de Vincennes, vivait là de trois ou quatre mille francs de rente, entre Félicie et Louise, oublié, heureux, débarrassé de la politique. Un mois plus tard, Damour était en Amérique.

Alors, commença une existence trouble qui le roula au hasard, dans un flot d'aventures à la fois étranges et vulgaires. Il connut toutes les misères, il toucha à toutes les fortunes. Trois fois, il crut avoir enfin ses cent mille francs ; mais tout coulait entre ses doigts, on le volait, il se dépouillait lui-même dans un dernier effort. En somme, il souffrit, travailla beaucoup, et resta sans une chemise.

Après des courses aux quatre points du monde, les événements le jetèrent en Angleterre. De là, il tomba à Bruxelles, à la frontière même de la France. Seulement, il ne songeait plus à y entrer. Dès son arrivée en Amérique, il avait fini par écrire à Félicie.

Trois lettres étant restées sans réponse, il en était réduit aux suppositions : ou l'on interceptait ses lettres, ou sa femme était morte, ou elle avait elle même quitté Paris. À un an de distance, il fit encore une tentative inutile. Pour ne pas se vendre, si l'on ouvrait ses lettres, il écrivait sous un nom supposé, entretenant Félicie d'une affaire imaginaire, comptant bien qu'elle reconnaîtrait son écriture et qu'elle comprendrait. Ce grand silence avait comme endormi ses souvenirs. Il était mort, il n'avait personne au monde, plus rien n'importait. Pendant près d'un an, il travailla dans une mine de charbon, sous terre, ne voyant plus le soleil, absolument supprimé, mangeant et dormant, sans rien désirer au-delà.

Un soir, dans un cabaret, il entendit un homme dire que l'amnistie venait d'être votée et que tous les communards rentraient. Cela l'éveilla. Il reçut une secousse, il éprouva un besoin de partir avec les autres, d'aller revoir là-bas la rue où il avait logé. Ce fut d'abord une simple poussée instinctive.

Puis, dans le wagon qui le ramenait, sa tête travailla, il songea qu'il pouvait maintenant reprendre sa place au soleil, s'il parvenait à découvrir Félicie et Louise. Des espoirs lui remontaient au cœur ; il était libre, il les chercherait ouvertement ; et il finissait par croire qu'il allait les retrouver bien tranquilles, dans leur logement de la rue des Envierges, la nappe mise, comme si elles l'avaient attendu. Tout s'expliquerait, quelque malentendu très simple. Il irait à sa mairie, se nommerait, et le ménage recommencerait sa vie d'autrefois.

À Paris, la gare du Nord était pleine d'une foule tumultueuse.

Des acclamations s'élevèrent, dès que les voyageurs parurent, un enthousiasme fou, des bras qui agitaient des chapeaux, des bouches ouvertes qui hurlaient un nom. Damour eut peur un instant : il ne comprenait pas, il s'imaginait que tout ce monde était venu là pour le huer au passage. Puis, il reconnut le nom qu'on acclamait, celui d'un membre de la Commune qui se trouvait justement dans le même train, un contumace illustre auquel le peuple faisait une ovation. Damour le vit passer, très engraissé, l'œil humide, souriant, ému de cet accueil. Quand le héros fut monté dans un fiacre, la foule parla de dételer le cheval. On s'écrasait, le flot humain s'engouffra dans la rue La Fayette, une mer de têtes, au-dessus desquelles on aperçut longtemps le fiacre rouler lentement, comme un char de triomphe. Et Damour, bousculé, écrasé, eut beaucoup de peine à gagner les boulevards extérieurs. Personne ne faisait attention à lui. Toutes ses souffrances, Versailles, la traversée, Nouméa, lui revinrent, dans un hoquet d'amertume.

Mais, sur les boulevards extérieurs, un attendrissement le prit. Il oublia tout, il lui semblait qu'il venait de reporter du travail dans Paris, et qu'il rentrait tranquillement rue des Envierges. Dix années de son existence se comblaient, si pleines et si confuses, qu'elles lui semblaient, derrière lui, n'être plus que le simple prolongement du trottoir.

Pourtant, il éprouvait quelque étonnement, dans ces habitudes d'autrefois où il rentrait avec tant d'aisance. Les boulevards extérieurs devaient être plus larges ; il s'arrêta pour lire des enseignes, surpris de les voir là.

Ce n'était pas la joie franche de poser le pied sur ce coin de terre regretté ; c'était un mélange de tendresse, où chantaient des refrains de romance, et d'inquiétude sourde, l'inquiétude de l'inconnu, devant ces vieilles choses connues qu'il retrouvait. son trouble grandit encore, lorsqu'il approcha de la rue des Envierges. Il se sentait mollir, il avait des envies de ne pas aller plus loin, comme si une catastrophe l'attendait. Pourquoi revenir ? Qu'allait-il faire là ?

Enfin, rue des Envierges, il passa trois fois devant la maison, sans pouvoir entrer. En face, la boutique du charbonnier avait disparu ;

c'était maintenant une boutique de fruitière ; et la femme qui était sur la porte lui sembla si bien portante, si carrément chez elle, qu'il n'osa pas l'interroger, comme il en avait eu l'idée d'abord. Il préféra risquer tout, en marchant droit à la loge de la concierge. Que de fois il avait ainsi tourné à gauche, au bout de l'allée, et frappé au petit carreau !

— Mme Damour, s'il vous plaît ?

— Connais pas… Nous n'avons pas ça ici.

Il était resté immobile. À la place de la concierge d'autrefois, une femme énorme, il avait devant lui une petite femme sèche, hargneuse, qui le regardait d'un air soupçonneux. Il reprit :

— Mme Damour demeurait au fond, il y a dix ans.

— Dix ans ! cria la concierge. Ah ! bien ! il a passé de l'eau sous les ponts !… Nous ne sommes ici que du mois de janvier.

— Mme Damour a peut-être laissé son adresse.

— Non. Connais pas.

Et, comme il s'entêtait, elle se fâcha, elle menaça d'appeler son mari.

— Ah ! çà, finirez-vous de moucharder dans la maison !… Il y a un tas de gens qui s'introduisent…

Il rougit et se retira en balbutiant, honteux de son pantalon effiloché et de sa vieille blouse sale.

Sur le trottoir, il s'en alla, la tête basse ; puis, il revint, car il ne pouvait se décider à partir ainsi.

C'était comme un adieu éternel qui le déchirait.

On aurait pitié de lui, on lui donnerait quelque renseignement. Et il levait les yeux, regardait les fenêtres, examinait les boutiques, cherchant à se reconnaître. Dans ces maisons pauvres où les congés tombent dru comme grêle, dix années avaient suffi pour changer presque tous les locataires. D'ailleurs, une prudence lui restait, mêlée de honte, une sorte de sauvagerie effrayée, qui le faisait trembler à l'idée d'être reconnu. Comme il redescendait la rue, il aperçut enfin des figures de connaissance, la marchande de tabac, un épicier, une blanchisseuse, la boulangère où ils se fournissaient autrefois. Alors, pendant un quart d'heure, il hésita, se promena devant les boutiques, en se demandant dans laquelle il oserait entrer, pris d'une sueur, tellement il souffrait du combat qui se livrait en lui. Ce fut le cœur défaillant qu'il se décida pour la boulangère, une femme endormie, toujours blanche comme si elle sortait d'un sac de farine. Elle le regarda et ne bougea pas de son comptoir. Certainement, elle ne le reconnaissait pas, avec sa peau hâlée, son crâne nu, cuit par les grands soleils, sa longue barbe dure qui lui mangeait la moitié du visage.

Cela lui rendit quelque hardiesse, et en payant un pain d'un sou, il se hasarda à demander :

— Est-ce que vous n'avez pas, parmi vos clientes, une femme avec une petite fille ?… Mme Damour ?

La boulangère resta songeuse ; puis, de sa voix molle :

— Ah ! oui, autrefois, c'est possible… Mais il y a longtemps. Je ne sais plus… On voit tant de monde !

Il dut se contenter de cette réponse. Les jours suivants, il revint, plus hardi, questionnant les gens ; mais partout il trouva la même indifférence, le même oubli, avec des renseignements contradictoires qui l'égaraient davantage. En somme, il paraissait certain que Félicie avait quitté le quartier environ deux ans après son départ pour Nouméa, au moment même où il s'évadait. Et personne ne connaissait son adresse, les uns parlaient du Gros-Caillou, les autres de Bercy. On ne se souvenait même plus de la petite Louise. C'était fini, il s'assit un soir sur un banc du boulevard extérieur et se mit à pleurer, en se disant qu'il ne chercherait pas davantage. Qu'allait-il devenir ? Paris lui semblait vide. Les quelques sous qui lui avaient permis de rentrer en France s'épuisaient. Un instant, il résolut de retourner en Belgique dans sa mine de charbon, où il faisait si noir et où il avait vécu dans un souvenir, heureux comme une bête, dans l'écrasement du sommeil de la terre. Pourtant, il resta, et il resta misérable, affamé, sans pouvoir se procurer du travail. Partout on le repoussait, on le trouvait trop vieux. Il n'avait que cinquante-cinq ans ; mais on lui en donnait soixante-dix, dans le décharnement de ses dix années de souffrance.

Il rôdait comme un loup, il allait voir les chantiers des monuments brûlés par la Commune, cherchait les besognes que l'on confie aux enfants et aux infirmes. Un tailleur de pierre qui travaillait à l'Hôtel de Ville promettait de lui faire avoir la garde de leurs outils ; mais cette promesse tardait à se réaliser, et il crevait de faim.

Un jour que, sur le pont Notre-Dame, il regardait couler l'eau avec le vertige des pauvres que le suicide attire, il s'arracha violemment du parapet et, dans ce mouvement, faillit renverser un passant, un grand gaillard en blouse blanche, qui se mit à l'injurier.

— sacrée brute !

Mais Damour était demeuré béant, les yeux fixés sur l'homme.

— Berru ! cria-t-il enfin.

C'était Berru en effet, Berru qui n'avait changé qu'à son avantage, la mine fleurie, l'air plus jeune.

Depuis son retour, Damour avait souvent songé à lui ; mais où trouver le camarade qui déménageait de garni tous les quinze jours ? Cependant le peintre écarquillait les yeux, et quand l'autre se fut nommé, la voix tremblante, il refusa de le croire.

— Pas possible ! Quelle blague !

Pourtant il finit par le reconnaître, avec des exclamations qui commençaient à ameuter le trottoir.

— Mais tu étais mort !… Tu sais, si je m'attendais à celle-là I On ne se fiche pas du monde de la sorte… Voyons, voyons, est-ce bien vrai que tu es vivant ?

Damour parlait bas, le suppliant de se taire.

Berru, qui trouvait ça très farce au fond, finit par le prendre sous le bras et l'emmena chez un marchand de vin de la rue saint-Martin. Et il l'accablait de questions, il voulait savoir.

— Tout à l'heure, dit Damour, quand ils furent attablés dans un cabinet. Avant tout, et ma femme ?

Berru le regarda d'un air stupéfait.

— Comment, ta femme ?

— Oui, où est-elle ? sais-tu son adresse ?

La stupéfaction du peintre augmentait. Il dit lentement :

— sans doute, je sais son adresse… Mais toi tu ne sais donc pas l'histoire ?

— Quoi ? Quelle histoire ?

Alors, Berru éclata.

— Ah ! celle-là est plus forte, par exemple ! Comment ! tu ne sais rien ?… Mais ta femme est remariée, mon vieux !

Damour, qui tenait son verre, le reposa sur la table, pris d'un tel tremblement, que le vin coulait entre ses doigts. Il les essuyait à sa blouse, et répétait d'une voix sourde :

— Qu'est-ce que tu dis ? remariée, remariée…

Tu es sûr ?

— Parbleu ! tu étais mort, elle s'est remariée ; ça n'a rien d'étonnant… seulement, c'est drôle, parce que voilà que tu ressuscites.

Et, pendant que le pauvre homme restait pâle, les lèvres balbutiantes, le peintre lui donna des détails. Félicie, maintenant, était très heureuse.

Elle avait épousé un boucher de la rue des Moines, aux Batignolles, un veuf dont elle conduisait joliment les affaires.

Sagnard, le boucher s'appelait Sagnard, était un gros homme de soixante ans, mais parfaitement conservé. À l'angle de la rue Nollet, la boutique, une des mieux achalandées du quartier, avait des grilles peintes en rouge, avec des têtes de bœuf dorées, aux deux coins de l'enseigne.

— Alors, qu'est-ce que tu vas faire ? répétait Berru, après chaque détail.

Le malheureux, que la description de la boutique étourdissait, répondait d'un geste vague de la main. Il fallait voir.

— Et Louise ? demanda-t-il tout d'un coup.

— La petite ? ah ! je ne sais pas… Ils l'auront mise quelque part pour s'en débarrasser, car je ne l'ai pas vue avec eux… C'est vrai, ça, ils pourraient toujours te rendre l'enfant, puisqu'ils n'en font rien. seulement, qu'est-ce que tu deviendrais, avec une gaillarde de vingt ans, toi qui n'as pas l'air d'être à la noce ? Hein ? sans te blesser, on peut bien dire qu'on te donnerait deux sous dans la rue.

Damour avait baissé la tête, étranglé, ne trouvant plus un mot. Berru commanda un second litre et voulut le consoler.

— Voyons, que diable ! puisque tu es en vie, rigole un peu. Tout n'est pas perdu, ça s'arrangera… Que vas-tu faire ?

Et les deux hommes s'enfoncèrent dans une discussion interminable, où les mêmes arguments revenaient sans cesse. Ce que le peintre ne disait pas, c'était que, tout de suite après le départ du déporté, il avait tâché de se mettre avec Félicie, dont les fortes épaules le séduisaient. Aussi gardait-il contre elle une sourde rancune de ce qu'elle lui avait préféré le boucher Sagnard, à cause de sa fortune sans doute.

Quand il eut fait venir un troisième litre, il cria :

— Moi, à ta place, j'irais chez eux, et je m'installerais, et je flanquerais le Sagnard à la porte, s'il m'embêtait... Tu es le maître, après tout. La loi est pour toi.

Peu à peu, Damour se grisait, le vin faisait monter des flammes à ses joues blêmes. Il répétait qu'il faudrait voir. Mais Berru le poussait toujours, lui tapait sur les épaules, en lui demandant s'il était un homme. Bien sûr qu'il était un homme ; et il l'avait tant aimée, cette femme ! Il l'aimait encore à mettre le feu à Paris, pour la ravoir. Eh bien ! alors, qu'est-ce qu'il attendait ? Puisqu'elle était à lui, il n'avait qu'à la reprendre. Les deux hommes, très gris, se parlaient violemment dans le nez.

— J'y vais ! dit tout d'un coup Damour en se mettant péniblement debout.

— À la bonne heure ! c'était trop lâche ! cria Berru. J'y vais avec toi.

Et ils partirent pour les Batignolles.

III

Au coin de la rue des Moines et de la me Nollet, la boutique, avec ses grilles rouges et ses têtes de bœuf dorées, avait un air riche. Des quartiers de bêtes pendaient sur des nappes blanches, tandis que des files de gigots, dans des cornets de papier à bordure de dentelle, comme des bouquets, faisaient des guirlandes. Il y avait des entassements de chair, sur les tables de marbre, des morceaux coupés et parés, le veau rose, le mouton pourpre, le bœuf écarlate, dans les marbrures de la graisse.

Des bassins de cuivre, le fléau d'une balance, les crochets d'un râtelier luisaient. Et c'était une abondance, un épanouissement de santé dans la boutique claire, pavée de marbre, ouverte au grand jour, une bonne odeur de viande fraîche qui semblait mettre du sang aux joues de tous les gens de la maison.

Au fond, en plein dans le coup de clarté de la rue, Félicie occupait un haut comptoir, où des glaces la protégeaient des courants d'air. Là-dedans, dans les gais reflets, dans la lueur rose de la boutique, elle était très fraîche, de cette fraîcheur pleine et mûre des femmes qui ont dépassé la quarantaine.

Propre, lisse de peau, avec ses bandeaux noirs et son col blanc, elle avait la gravité souriante et affairée d'une bonne commerçante, qui, une plume à la main, l'autre main dans la monnaie du comptoir, représente l'honnêteté et la prospérité d'une maison. Des garçons coupaient, pesaient, criaient des chiffres ; des clientes défilaient devant la caisse ; et elle recevait leur argent, en échangeant d'une voix aimable les nouvelles du quartier. Justement, une petite femme, au visage maladif, payait deux côtelettes, qu'elle regardait d'un œil dolent.

— Quinze sous, n'est-ce pas ? dit Félicie. Ça ne va donc pas mieux, madame Vernier ?

— Non, ça ne va pas mieux, toujours l'estomac.

Je rejette tout ce que je prends. Enfin, le médecin dit qu'il me faut de la viande ; mais c'est si cher !...

Vous savez que le charbonnier est mort.

— Pas possible !

— Lui, ce n'était pas l'estomac, c'était le ventre. . . Deux côtelettes, quinze sous ! La volaille est moins chère.

— Dame ! ce n'est pas notre faute, madame Vernier. Nous ne savons plus comment nous en tirer nous-mêmes. . . Qu'y a-t-il, Charles ?

Tout en causant et en rendant la monnaie, elle avait l'œil à la boutique, et elle venait d'apercevoir un garçon qui causait avec deux hommes sur le trottoir. Comme le garçon ne l'entendait pas, elle éleva la voix davantage.

— Charles, que demande-t-on ?

Mais elle n'attendit pas la réponse. Elle avait reconnu l'un des deux hommes qui entraient, celui qui marchait le premier.

— Ah ! c'est vous, monsieur Berru.

Et elle ne paraissait guère contente, les lèvres pincées dans une légère moue de mépris. Les deux hommes, de la rue Saint-Martin aux Batignolles, avaient fait plusieurs stations chez des marchands de vin, car la course était longue, et ils avaient la bouche sèche, causant très haut, discutant toujours. Aussi paraissaient-ils fortement allumés.

Damour avait reçu un coup au cœur, sur le trottoir d'en face, lorsque Berru, d'un geste brusque, lui avait montré

Félicie, si belle et si jeune, dans les glaces du comptoir, en disant : « Tiens ! la v'là ! » Ce n'était pas possible, ça devrait être Louise qui ressemblait ainsi à sa mère ; car, pour sûr, Félicie était plus vieille. Et toute cette boutique riche, les viandes qui saignaient, les cuivres qui luisaient, puis cette femme bien mise, l'air bourgeois, la main dans un tas d'argent, lui enlevaient sa colère et son audace, en lui causant une véritable peur. Il avait une envie de se sauver à toutes jambes, pris de honte, pâlissant à l'idée d'entrer là-dedans. Jamais cette dame ne consentirait maintenant à le reprendre, lui qui avait une si fichue mine, avec sa grande barbe et sa blouse sale. Il tournait les talons, il allait enfiler la rue des Moines, pour qu'on ne l'aperçût même pas, lorsque Berru le retint.

— Tonnerre de Dieu ! tu n'as donc pas de sang dans les veines !… Ah bien ! à ta place, c'est moi qui ferais danser la bourgeoisie ! Et je ne m'en irais pas sans partager ; oui, la moitié des gigots et du reste… Veux-tu bien marcher, poule mouillée !

Et il avait forcé Damour à traverser la rue. Puis, après avoir demandé à un garçon si M. Sagnard était là, et ayant appris que le boucher se trouvait à l'abattoir, il était entré le premier, pour brusquer les choses. Damour le suivait, étranglé, l'air imbécile.

— Qu'y a-t-il pour votre service, monsieur Berru ? reprit Félicie de sa voix peu engageante.

— Ce n'est pas moi, répondit le peintre, c'est le camarade qui a quelque chose à vous dire.

Il s'était effacé, et maintenant Damour se trouvait face à face avec Félicie. Elle le regardait ; lui, affreusement gêné, souffrant une torture, baissait les yeux. D'abord, elle eut sa moue de dégoût, son calme et heureux visage exprima une répulsion pour ce vieil ivrogne, ce misérable, qui sentait la pauvreté. Mais elle le regardait toujours ; et, brusquement, sans qu'elle eût échangé un mot avec lui, elle devint blanche, étouffant un cri, lâchant la monnaie qu'elle tenait, et dont on entendit le tintement clair dans le tiroir.

— Quoi donc ? vous êtes malade ? demanda Mme Vernier, qui était restée curieusement.

Félicie eut un geste de la main, pour écarter tout le monde. Elle ne pouvait parler. D'un mouvement pénible, elle s'était mise debout et marchait vers la salle à manger, au fond de la boutique sans qu'elle leur eût dit de la suivre, les deux hommes disparurent derrière elle, Berru ricanant, Damour les yeux toujours fixés sur les dalles couvertes de sciure, comme s'il avait craint de tomber.

— Eh bien ! c'est drôle tout de même ! murmura Mme Vernier, quand elle fut seule avec les garçons.

Ceux-ci s'étaient arrêtés de couper et de peser, échangeant des regards surpris. Mais ils ne voulurent pas se compromettre, et ils se remirent à la besogne, l'air indifférent, sans répondre à la cliente, qui s'en alla avec ses deux côtelettes sur la main, en les étudiant d'un regard maussade.

Dans la salle à manger, Félicie parut ne pas se trouver encore assez seule. Elle poussa une seconde porte et fit entrer les deux hommes dans sa chambre à coucher.

C'était une chambre très soignée, close, silencieuse, avec des rideaux blancs au lit et à la fenêtre, une pendule dorée, des meubles d'acajou dont le vernis luisait, sans un grain de poussière.

Félicie se laissa tomber dans un fauteuil de reps bleu, et elle répétait ces mots :

— C'est vous… C'est vous…

Damour ne trouva pas une phrase. Il examinait la chambre, et il n'osait s'asseoir, parce que les chaises lui semblaient trop belles. Aussi fut-ce encore Berru qui commença.

— Oui, il y a quinze jours qu'il vous cherche…

Alors, il m'a rencontré, et je l'ai amené.

Puis, comme s'il eût éprouvé le besoin de s'excuser auprès d'elle :

— Vous comprenez, je n'ai pu faire autrement.

C'est un ancien camarade, et ça m'a retourné le cœur, quand je l'ai vu à ce point dans la crotte.

Pourtant, Félicie se remettait un peu. Elle était la plus raisonnable, la mieux portante aussi. Quand elle n'étrangla plus, elle voulut sortir d'une situation intolérable et entama la terrible explication.

— Voyons, Jacques, que viens-tu demander ?

Il ne répondit pas.

— C'est vrai, continua-t-elle, je me suis remariée.

Mais il n'y a pas de ma faute, tu le sais. Je te croyais mort, et tu n'as rien fait pour me tirer d'erreur.

Damour parla enfin.

— Si, je t'ai écrit.

— Je te jure que je n'ai pas reçu tes lettres. Tu me connais, tu sais que je n'ai jamais menti… Et, tiens ! j'ai l'acte ici, dans un tiroir.

Elle ouvrit un secrétaire, en tira fiévreusement un papier et le donna à Damour, qui se mit à le lire d'un air hébété. C'était son acte de décès. Elle ajoutait :

— Alors, je me suis vue toute seule, j'ai cédé à l'offre d'un homme qui voulait me sortir de ma misère et de mes tourments. Voilà toute ma faute. Je me suis laissé tenter par l'idée d'être heureuse. Ce n'est pas un crime, n'est-ce pas ?

Il l'écoutait, la tête basse, plus humble et plus gêné qu'elle-même. Pourtant il leva les yeux.

— Et ma fille ? demanda-t-il.

Félicie s'était remise à trembler. Elle balbutia :

— Ta fille ?… Je ne sais pas, je ne l'ai plus.

— Comment ?

— Oui, je l'avais placée chez ma tante… Elle s'est sauvée, elle a mal tourné.

Damour, un instant, resta muet, l'air très calme, comme s'il n'avait pas compris. Puis, brusquement, lui si embarrassé, donna un coup de poing sur la commode, d'une telle violence, qu'une boîte en coquillages dansa au milieu du marbre. Mais il n'eut pas le temps de parler, car deux enfants, un petit garçon de six ans et une fillette de quatre, venaient d'ouvrir la porte et de se jeter au cou de Félicie, avec toute une explosion de joie.

— Bonjour, petite mère, nous sommes allés au jardin, là-bas, au bout de la rue…

Françoise a dit comme ça qu'il fallait rentrer… Oh ! si tu savais, il y a du sable, et il y a des poulets dans l'eau…

— C'est bien, laissez-moi, dit la mère rudement.

Et, appelant la bonne :

— Françoise, remmenez-les… C'est stupide, de rentrer à cette heure-ci.

Les enfants se retirèrent, le cœur gros, tandis que la bonne, blessée du ton de Madame, se fâchait, en les poussant tous deux devant elle. Félicie avait eu la peur folle que Jacques ne volât les petits ; il pouvait les jeter sur son dos et se sauver.

Berru, qu'on n'invitait point à s'asseoir, s'était allongé tranquillement dans le second fauteuil, après avoir murmuré à l'oreille de son ami :

— Les petits Sagnard… Hein ? ça pousse vite, la graine de mioches !

Quand la porte fut refermée, Damour donna un autre coup de poing sur la commode, en criant :

— Ce n'est pas tout ça, il me faut ma fille, et je viens pour te reprendre.

Félicie était toute glacée.

— Assieds-toi et causons, dit-elle. Ça n'avancera à rien, de faire du bruit… Alors, tu viens me chercher ?

— Oui, tu vas me suivre et tout de suite… Je suis ton mari, le seul bon ! Oh ! je connais mon droit…

N'est-ce pas, Berru, que c'est mon droit ?… Allons, mets un bonnet, sois gentille, si tu ne veux pas que tout le monde connaisse nos affaires.

Elle le regardait, et malgré elle son visage bouleversé disait qu'elle ne l'aimait plus, qu'il l'effrayait et la dégoûtait, avec sa vieillesse affreuse de misérable. Quoi ! elle si blanche, si dodue, accoutumée maintenant à toutes les douceurs bourgeoises, recommencerait sa vie rude et pauvre d'autrefois, en compagnie de cet homme qui lui semblait un spectre !

— Tu refuses, reprit Damour qui lisait sur son visage. Oh ! je comprends, tu es habituée à faire la dame dans un comptoir ; et moi, je n'ai pas de belle boutique, ni de tiroir plein de monnaie, où tu puisses tripoter à ton aise… Puis, il y a les petits de tout à l'heure, que tu m'as l'air de mieux garder que Louise. Quand on a perdu la fille, on se fiche bien du père !… Mais tout ça m'est égal. Je veux que tu viennes, et tu viendras, ou bien je vais aller chez le commissaire de police, pour qu'il te ramène chez moi avec les gendarmes… C'est mon droit, n'est-ce pas, Berru ?

Le peintre appuya de la tête. Cette scène l'amusait beaucoup. Pourtant, quand il vit Damour furieux, grisé de ses propres phrases, et Félicie à bout de force, près de sangloter et de défaillir, il crut devoir jouer un beau rôle. Il intervint, en disant d'un ton sentencieux :

— Oui, oui, c'est ton droit ; mais il faut voir, il faut réfléchir… Moi, je me suis toujours conduit proprement… Avant de rien décider, il serait convenable de causer avec M. Sagnard, et puisqu'il n'est pas là…

Il s'interrompit, puis continua, la voix changée, tremblante d'une fausse émotion :

— Seulement, le camarade est pressé. C'est dur d'attendre, dans sa position… Ah ! madame, si vous saviez combien il a souffert ! Et, maintenant, pas un radis, il crève de faim, on le repousse de partout… Lorsque je l'ai rencontré tout à l'heure, il n'avait pas mangé depuis hier.

Félicie, passant de la crainte à un brusque attendrissement, ne put retenir les larmes qui l'étouffaient. C'était une tristesse immense, le regret et le dégoût de la vie. Un cri lui échappa :

— Pardonne-moi, Jacques !

Et, quand elle put parler :

— Ce qui est fait est fait. Mais je ne veux pas que tu sois malheureux… Laisse-moi venir à ton aide.

Damour eut un geste violent.

— Bien sûr, dit vivement Berru, la maison est assez pleine ici, pour que ta femme ne te laisse pas le ventre vide… Mettons que tu refuses l'argent, tu peux toujours accepter un cadeau. Quand vous ne lui donneriez qu'un pot-au-feu, il se ferait un peu de bouillon, n'est-ce pas, madame ?

— Oh ! tout ce qu'il voudra, monsieur Berru.

Mais il se remit à taper sur la commode, criant :

— Merci, je ne mange pas de ce pain-là.

Et, venant regarder sa femme dans les yeux :

— C'est toi seule que je veux, et je t'aurai… Garde ta viande !

Félicie avait reculé, reprise de répugnance et d'effroi. Damour alors devint terrible, parla de tout casser, s'emporta en accusations abominables.

Il voulait l'adresse de sa fille, il secouait sa femme dans le fauteuil, en lui criant qu'elle avait vendu la petite ; et elle, sans se défendre, dans la stupeur de tout ce qui lui arrivait, répétait d'une voix lente qu'elle ne savait pas l'adresse, mais que pour sûr on l'aurait à la préfecture de police. Enfin, Damour, qui s'était installé sur une chaise, dont il jurait que le diable ne le ferait pas bouger, se leva brusquement ; et, après un dernier coup de poing, plus violent que les autres :

— Eh bien ! tonnerre de Dieu ! je m'en vais… Oui, je m'en vais, parce que ça me fait plaisir… Mais tu ne perdras pas pour attendre, je reviendrai quand ton homme sera là, et je vous arrangerai, lui, toi, les mioches, toute ta sacrée baraque… Attends-moi, tu verras !

Il sortit en la menaçant du poing. Au fond, il était soulagé d'en finir ainsi. Berru, resté en arrière, dit d'un ton conciliant, enchanté d'être dans ces histoires :

— N'ayez pas peur, je ne le quitte pas… Il faut éviter un malheur.

Même il s'enhardit jusqu'à lui saisir la main et à la baiser. Elle le laissa faire, elle était rompue ; si son mari l'avait prise par le bras, elle serait partie avec lui. Pourtant, elle écouta les pas des deux hommes qui traversaient la boutique. Un garçon, à grands coups de couperet, taillait un carré de mouton. Des voix criaient des chiffres. Alors, son instinct de bonne commerçante la ramena dans son comptoir, au milieu des glaces claires, très pâle, mais très calme, comme si rien ne s'était passé.

— Combien à recevoir ? demanda-t-elle.

— Sept francs cinquante, madame.

Et elle rendit la monnaie.

IV

Le lendemain, Damour eut une chance : le tailleur de pierre le fit entrer comme gardien au chantier de l'Hôtel de Ville. Et il veilla ainsi sur le monument qu'il avait aidé à brûler, dix années plus tôt. C'était, en somme, un travail doux, une de ces besognes d'abrutissement qui engourdissent.

La nuit, il rôdait au pied des échafaudages, écoutant les bruits, s'endormant parfois sur des sacs à plâtre. Il ne parlait plus de retourner aux Batignolles. Un jour pourtant, Berru étant venu lui payer à déjeuner, il avait crié au troisième litre que le grand coup était pour le lendemain. Le lendemain, il n'avait pas bougé du chantier. Et, dès lors, ce fut réglé, il ne s'emportait et ne réclamait ses droits que dans l'ivresse. Quand il était à jeun, il restait sombre, préoccupé et comme honteux. Le peintre avait fini par le plaisanter, en répétant qu'il n'était pas un homme. Mais lui, demeurait grave. Il murmurait :

— Faut les tuer alors !… J'attends que ça me dise.

Un soir, il partit, alla jusqu'à la place Moncey ; puis, après être resté une heure sur un banc, il redescendit à son chantier. Dans la journée, il croyait avoir vu passer sa fille devant l'Hôtel de Ville, étalée sur les coussins d'un landau superbe.

Berru lui offrait de faire des recherches, certain de trouver l'adresse de Louise, au bout de vingt quatre heures. Mais il refusait. À quoi bon savoir ?

Cependant, cette pensée que sa fille pouvait être la belle personne, si bien mise, qu'il avait entrevue, au trot de deux grands chevaux blancs, lui retournait le cœur. sa tristesse en augmenta.

Il acheta un couteau et le montra à son camarade, en disant que c'était pour saigner le boucher. La phrase lui plaisait, il la répétait continuellement, avec un rire de plaisanterie.

— Je saignerai le boucher… Chacun son tour, pas vrai ?

Berru, alors, le tenait des heures entières chez un marchand de vin de la rue du Temple, pour le convaincre qu'on ne devait saigner personne. C'était bête, parce que d'abord on vous raccourcissait. Et il lui prenait les mains, il exigeait de lui le serment de ne pas se coller sur le dos une vilaine affaire.

Damour répétait avec un ricanement obstiné :

— Non, non, chacun son tour… Je saignerai le boucher.

Les jours passaient, il ne le saignait pas.

Un événement se produisit, qui parut devoir hâter la catastrophe. On le renvoya du chantier, comme incapable : pendant une nuit d'orage, il s'était endormi et avait laissé voler une pelle. Dès lors, il recommença à crever la faim, se traînant par les rues, trop fier encore pour mendier, regardant avec des yeux luisants les boutiques des rôtisseurs.

Mais la misère, au lieu de l'exciter, l'hébétait. Il pliait le dos, l'air enfoncé dans des réflexions tristes. On aurait dit qu'il n'osait plus se présenter aux Batignolles, maintenant qu'il n'avait pas à se mettre une blouse propre.

Aux Batignolles, Félicie vivait dans de continuelles alarmes. Le soir de la visite de Damour, elle n'avait pas voulu raconter l'histoire à Sagnard ; puis, le lendemain, tourmentée de son silence de la veille, elle s'était senti un remords et n'avait plus trouvé la force de parler.

Aussi tremblait-elle toujours, croyant voir entrer son premier mari à chaque heure, s'imaginant des scènes atroces. Le pis était qu'on devait se douter de quelque chose dans la boutique, car les garçons ricanaient, et quand Mme Vernier, régulièrement, venait chercher ses deux côtelettes, elle avait une façon inquiétante de ramasser sa monnaie. Enfin, un soir, Félicie se jeta au cou de Sagnard, et lui avoua tout, en sanglotant. Elle répéta ce qu'elle avait dit à Damour : ce n'était pas sa faute, car lorsque les gens sont morts, ils ne devraient pas revenir.

Sagnard, encore très vert pour ses soixante ans, et qui était un brave homme, la consola. Mon Dieu ! ça n'avait rien de drôle, mais ça finirait par s'arranger. Est-ce que tout ne s'arrangeait pas ?

Lui, en gaillard qui avait de l'argent et qui était carrément planté dans la vie, éprouvait surtout de la curiosité. On le verrait, ce revenant, on lui parlerait. L'histoire l'intéressait, et cela au point que, huit jours plus tard, l'autre ne paraissant pas, il dit à sa femme :

— Eh bien ! quoi donc ? il nous lâche ?… Si tu savais son adresse, j'irais le trouver, moi.

Puis, comme elle le suppliait de se tenir tranquille, il ajouta :

— Mais, ma bonne, c'est pour te rassurer… Je vois bien que tu te mines. Il faut en finir.

Félicie maigrissait en effet, sous la menace du drame dont l'attente augmentait son angoisse. Un jour enfin, le boucher s'emportait contre un garçon qui avait oublié de changer l'eau d'une tête de veau, lorsqu'elle arriva, blême, balbutiant :

— Le voilà !

— Ah ! très bien ! dit Sagnard en se calmant tout de suite. Fais-le entrer dans la salle à manger.

Et, sans se presser, se tournant vers le garçon :

— Lavez-la à grande eau, elle empoisonne.

Il passa dans la salle à manger, où il trouva Damour et Berru. C'était un hasard, s'ils venaient ensemble. Berru avait rencontré Damour rue de Clichy ; il ne le voyait plus autant, ennuyé de sa misère.

Mais, quand il avait su que le camarade se rendait rue des Moines, il s'était emporté en reproches, car cette affaire était aussi la sienne. Aussi avait-il recommencé à le sermonner, criant qu'il l'empêcherait bien d'aller là-bas faire des bêtises, et il barrait le trottoir, il voulait le forcer à lui remettre son couteau. Damour haussait les épaules, l'air entêté, ayant son idée qu'il ne disait point. À toutes les observations, il répondait :

— Viens, si tu veux, mais ne m'embête pas.

Dans la salle à manger, Sagnard laissa les deux hommes debout. Félicie s'était sauvée dans sa chambre, en emportant les enfants ; et, derrière la porte fermée à double tour, elle restait assise, éperdue, elle serrait de ses bras les petits contre elle, comme pour les défendre et les garder. Cependant, l'oreille tendue et bourdonnante d'anxiété, elle n'entendait encore rien ; car les deux maris, dans la pièce voisine, éprouvaient un embarras et se regardaient en silence.

— Alors, c'est vous ? finit par demander Sagnard, pour dire quelque chose.

— Oui, c'est moi, répondit Damour.

Il trouvait Sagnard très bien et se sentait diminué. Le boucher ne paraissait guère plus de cinquante ans ; c'était un bel homme, à figure fraîche, les cheveux coupés ras, et sans barbe. En manches de chemise, enveloppé d'un grand tablier blanc, d'un éclat de neige, il avait un air de gaieté et de jeunesse.

— C'est que, reprit Damour hésitant, ce n'est pas à vous que je veux parler, c'est à Félicie.

Alors, Sagnard retrouva tout son aplomb.

— Voyons, mon camarade, expliquons-nous. Que diable ! nous n'avons rien à nous reprocher ni l'un ni l'autre. Pourquoi se dévorer, lorsqu'il n'y a de la faute de personne ?

Damour, la tête baissée, regardait obstinément un des pieds de la table. Il murmura d'une voix sourde :

— Je ne vous en veux pas, laissez-moi tranquille, allez-vous-en… C'est à Félicie que je désire parler.

— Pour ça, non, vous ne lui parlerez pas, dit tranquillement le boucher. Je n'ai pas envie que vous me la rendiez malade, comme l'autre fois.

Nous pouvons causer sans elle… D'ailleurs, si vous êtes raisonnable, tout ira bien. Puisque vous dites l'aimer encore, voyez la position, réfléchissez, et agissez pour son bonheur à elle.

— Taisez-vous ! interrompit l'autre, pris d'une rage brusque. Ne vous occupez de rien ou ça va mal tourner !

Berru, s'imaginant qu'il allait tirer son couteau de sa poche, se jeta entre les deux hommes, en faisant du zèle.

Mais Damour le repoussa.

— Fiche-moi la paix, toi aussi !… De quoi as-tu peur ? Tu es idiot !

— Du calme ! répétait Sagnard. Quand on est en colère, on ne sait plus ce qu'on fait… Écoutez, si j'appelle Félicie, promettez-moi d'être sage, parce qu'elle est très sensible, vous le savez comme moi.

Nous ne voulons la tuer ni l'un ni l'autre, n'est-ce pas ?... Vous conduirez-vous bien ?

— Eh ! si j'étais venu pour mal me conduire, j'aurais commencé par vous étrangler, avec toutes vos phrases !

Il dit cela d'un ton si profond et si douloureux, que le boucher en parut très frappé.

— Alors, déclara-t-il, je vais appeler Félicie...

Oh ! moi, je suis très juste, je comprends que vous vouliez discuter la chose avec elle. C'est votre droit.

Il marcha vers la porte de la chambre, et frappa.

— Félicie ! Félicie !

Puis, comme rien ne bougeait, comme Félicie, glacée à l'idée de cette entrevue, restait clouée sur sa chaise, en serrant plus fort ses enfants contre sa poitrine, il finit par s'impatienter.

— Félicie, viens donc... C'est bête, ce que tu fais là. Il promet d'être raisonnable.

Enfin, la clé tourna dans la serrure, elle parut et referma soigneusement la porte, pour laisser ses enfants à l'abri. Il y eut un nouveau silence, plein d'embarras. C'était le coup de chien, ainsi que le disait Berru.

Damour parla en phrases lentes qui se brouillaient, tandis que Sagnard, debout devant la fenêtre, soulevant du doigt un des petits rideaux blancs, affectait de regarder dehors, afin de bien montrer qu'il était large en affaires.

— Écoute, Félicie, tu sais que je n'ai jamais été méchant. Ça, tu peux le dire... Eh bien ! ce n'est pas aujourd'hui que je commencerai à l'être.

D'abord, j'ai voulu vous massacrer tous ici. Puis, je me suis demandé à quoi ça m'avancerait... J'aime mieux te laisser maîtresse de choisir. Nous ferons ce que tu voudras. Oui, puisque les tribunaux ne peuvent rien pour nous avec leur justice, c'est toi qui décideras ce qui te plaît le mieux. Réponds... Avec lequel veux-tu aller, Félicie ?

Mais elle ne put répondre. L'émotion l'étranglait.

— C'est bien, reprit Damour de la même voix sourde, je comprends, c'est avec lui que tu vas... En venant ici, je savais comment ça tournerait… Et je ne t'en veux point, je te donne raison, après tout. Moi, je suis fini, je n'ai rien, enfin tu ne m'aimes plus ; tandis que lui, il te rend heureuse, sans compter qu'il y a encore les deux petits…

Félicie pleurait, bouleversée.

— Tu as tort de pleurer, ce ne sont pas des reproches. Les choses ont tourné comme ça, voilà tout… Et, alors, j'ai eu l'idée de te voir encore une fois, pour te dire que tu pouvais dormir tranquille. Maintenant que tu as choisi, je ne te tourmenterai plus… C'est fait, tu n'entendras jamais parler de moi.

Il se dirigeait vers la porte, mais Sagnard, très remué, l'arrêta en criant :

— Ah ! vous êtes un brave homme, vous, par exemple !… Ce n'est pas possible qu'on se quitte comme ça. Vous allez dîner avec nous.

— Non, merci, répondit Damour.

Berru, surpris, trouvant que ça finissait drôlement, parut tout à fait scandalisé, quand le camarade refusa l'invitation.

— Au moins, nous boirons un coup, reprit le boucher. Vous voulez bien accepter un verre de vin chez nous, que diable ?

Damour n'accepta pas tout de suite. Il promena un lent regard autour de la salle à manger, propre et gaie avec ses meubles de chêne blanc ; puis, les yeux arrêtés sur Félicie qui le suppliait de son visage baigné de larmes, il dit :

— Oui, tout de même.

Alors, Sagnard fut enchanté. Il criait :

— Vite, Félicie, des verres ! Nous n'avons pas besoin de la bonne… Quatre verres. Il faut que tu trinques, toi aussi… Ah ! mon camarade, vous êtes bien gentil d'accepter, vous ne savez pas le plaisir que vous me faites, car moi j'aime les bons cœurs ; et vous êtes un bon cœur, vous, j'en réponds !

Cependant, Félicie, les mains nerveuses, cherchait des verres et un litre dans le buffet. Elle avait la tête perdue, elle ne trouvait plus rien. Il fallut que Sagnard l'aidât. Puis, quand les verres furent pleins, la société autour de la table trinqua.

— À la vôtre !

Damour, en face de Félicie, dut allonger le bras pour toucher son verre.

Tous deux se regardaient, muets, le passé dans les yeux. Elle tremblait tellement, qu'on entendit le cristal tinter, avec le petit claquement de dents des grosses fièvres. Ils ne se tutoyaient plus, ils étaient comme morts, ne vivant désormais que dans le souvenir.

— À la vôtre !

Et, pendant qu'ils buvaient tous les quatre, les voix des enfants vinrent de la pièce voisine, au milieu du grand silence. Ils s'étaient mis à jouer, ils se poursuivaient, avec des cris et des rires. Puis, ils tapèrent à la porte, ils appelèrent : « Maman ! Maman ! »

— Voilà ! adieu tout le monde ! dit Damour, en reposant le verre sur la table.

Il s'en alla. Félicie, toute droite, toute pâle, le regarda partir, pendant que Sagnard accompagnait poliment ces messieurs jusqu'à la porte.

Dans la rue, Damour se mit à marcher si vite, que Berru avait de la peine à le suivre. Le peintre enrageait. Au boulevard des Batignolles, quand il vit son compagnon, les jambes cassées, se laisser tomber sur un banc et rester là, les joues blanches, les yeux fixes, il lâcha tout ce qu'il avait sur le cœur. Lui, aurait au moins giflé le bourgeois et la bourgeoise. Ça le révoltait, de voir un mari céder ainsi sa femme à un autre, sans faire seulement des réserves. Il fallait être joliment godiche ; oui, godiche, pour ne pas dire un autre mot ! Et il citait un exemple, un autre communard qui avait trouvé sa femme collée avec un particulier ; eh bien ! les deux hommes et la femme vivaient ensemble, très d'accord. On s'arrange, on ne se laisse pas dindonner, car enfin c'était lui le dindon, dans tout cela !

— Tu ne comprends pas, répondait Damour. Va-t'en aussi, puisque tu n'es pas mon ami.

— Moi, pas ton ami ! quand je me suis mis en quatre !... Raisonne donc un peu. Que vas-tu devenir ? Tu n'as personne, te voilà sur le pavé ainsi qu'un chien, et tu crèveras, si je ne te tire d'affaire... Pas ton ami ! mais si je t'abandonne là, tu n'as plus qu'à mettre la tête sous ta patte, comme les poules qui ont assez de l'existence.

Damour eut un geste désespéré. C'était vrai, il ne lui restait qu'à se jeter à l'eau ou à se faire ramasser par les agents.

— Eh bien ! continua le peintre, je suis tellement ton ami, que je vais te conduire chez quelqu'un où tu auras la niche et la pâtée.

Et il se leva, comme pris d'une résolution subite.

Puis, il emmena de force son compagnon, qui balbutiait :

— Où donc ? Où donc ?

— Tu le verras… Puisque tu n'as pas voulu dîner chez ta femme, tu dîneras ailleurs… Mets-toi bien dans la caboche que je ne te laisserai pas faire deux bêtises en un jour.

Il marchait vivement, descendant la rue d'Amsterdam. Rue de Berlin, il s'arrêta devant un petit hôtel, sonna et demanda au valet de pied qui vint ouvrir, si Mme de Souvigny était chez elle. Et, comme le valet hésitait, il ajouta :

— Allez lui dire que c'est Berru.

Damour le suivait machinalement. Cette visite inattendue, cet hôtel luxueux achevaient de lui troubler la tête.

Il monta. Puis, tout à coup, il se trouva dans les bras d'une petite femme blonde, très jolie, à peine vêtue d'un peignoir de dentelle.

Et elle criait :

— Papa, c'est papa !… Ah ! que vous êtes gentil de l'avoir décidé !

Elle était bonne fille, elle ne s'inquiétait point de la blouse noire du vieil homme, enchantée, battant des mains, dans une crise soudaine de tendresse filiale.

Son père, saisi, ne la reconnaissait même pas.

— Mais c'est Louise ! dit Berru.

Alors, il balbutia :

— Ah ! oui… Vous êtes trop aimable…

Il n'osait la tutoyer. Louise le fit asseoir sur un canapé, puis elle sonna pour défendre sa porte.

Lui, pendant ce temps, regardait la pièce tendue de cachemire, meublée avec une richesse délicate qui l'attendrissait. Et Berru triomphait, lui tapait sur l'épaule, en répétant :

— Hein ? diras-tu encore que je ne suis pas un ami ?… Je savais bien, moi, que tu aurais besoin de ta fille. Alors, je me suis procuré son adresse et je suis venu lui conter ton histoire. Tout de suite, elle m'a dit : « Amenez-le ! »

— Mais sans doute, ce pauvre père ! murmura Louise d'une voix câline. Oh ! tu sais, je l'ai en horreur, ta république ! Tous des sales gens, les communards, et qui ruineraient le monde, si on les laissait faire !… Mais toi, tu es mon cher papa. Je me souviens comme tu étais bon, quand j'étais malade, toute petite. Tu verras, nous nous entendrons très bien, pourvu que nous ne parlions jamais politique… D'abord, nous allons dîner tous les trois. Ah ! que c'est gentil !

Elle s'était assise presque sur les genoux de l'ouvrier, riant de ses yeux clairs, ses fins cheveux pâles envolés autour des oreilles. Lui, sans force, se sentait envahi par un bien-être délicieux. Il aurait voulu refuser, parce que cela ne lui paraissait pas honnête, de s'attabler dans cette maison. Mais il ne retrouvait plus son énergie de tout à l'heure, lorsqu'il était parti de chez la bouchère, sans même retourner la tête, après avoir trinqué une dernière fois. sa fille était trop douce, et ses petites mains blanches, posées sur les siennes, l'attachaient.

— Voyons, tu acceptes ? répétait Louise.

— Oui, dit-il enfin, pendant que deux larmes coulaient sur ses joues creusées par la misère.

Berru le trouva très raisonnable. Comme on passait dans la salle à manger, un valet vint prévenir Madame que Monsieur était là.

— Je ne puis le recevoir, répondit-elle tranquillement. Dites-lui que je suis avec mon père… Demain à six heures, s'il veut.

Le dîner fut charmant. Berru l'égaya par toutes sortes de mots drôles, dont Louise riait aux larmes.

Elle se retrouvait rue des Envierges, et c'était un régal. Damour mangeait beaucoup, alourdi de fatigue et de nourriture ; mais il avait un sourire d'une tendresse exquise, chaque fois que le regard de sa fille rencontrait le sien.

Au dessert, ils burent un vin sucré et mousseux comme du champagne, qui les grisa tous les trois. Alors, quand les domestiques ne furent plus là, les coudes posés sur la table, ils parlèrent du passé, avec la mélancolie de leur ivresse. Berru avait roulé une cigarette, que Louise fumait, les yeux demi-clos, le visage noyé.

Elle s'embrouillait dans ses souvenirs, en venait à parler de ses amants, du premier, un grand jeune homme qui avait très bien fait les choses. Puis, elle laissa échapper sur sa mère des jugements pleins de sévérité.

— Tu comprends, dit-elle à son père, je ne peux plus la voir, elle se conduit trop mal… si tu veux, j'irai lui dire ce que je pense de la façon malpropre dont elle t'a lâché.

Mais Damour, gravement, déclara qu'elle n'existait plus. Tout à coup, Louise se leva, en criant :

— À propos, je vais te montrer quelque chose qui te fera plaisir.

Elle disparut, revint aussitôt, sa cigarette toujours aux lèvres, et elle remit à son père une vieille photographie jaunie, cassée aux angles. Ce fut une secousse pour l'ouvrier, qui, fixant ses yeux troubles sur le portrait, bégaya :

— Eugène, mon pauvre Eugène.

Il passa la carte à Berru, et celui-ci, pris d'émotion, murmura de son côté :

— C'est bien ressemblant. Puis, ce fut le tour de Louise. Elle garda la photographie un instant ; mais des larmes l'étouffèrent, elle la rendit en disant :

— Oh ! je me le rappelle… Il était si gentil !

Tous les trois, cédant à leur attendrissement, pleurèrent ensemble. Deux fois encore, le portrait fit le tour de la table, au milieu des réflexions les plus touchantes. L'air l'avait beaucoup pâli : le pauvre Eugène, vêtu de son uniforme de garde national, semblait une ombre d'émeutier, perdu dans la légende. Mais, ayant retourné la carte, le père lut ce qu'il avait écrit là, autrefois : « Je te vengerai » ; et, agitant un couteau à dessert au-dessus de sa tête, il refit son serment :

— Oui, oui, je te vengerai !

— Quand j'ai vu que maman tournait mal, raconta Louise, je n'ai pas voulu lui laisser le portrait de mon pauvre frère. Un soir, je le lui ai chipé… C'est pour toi, papa. Je te le donne.

Damour avait posé la photographie contre son verre, et il la regardait toujours. Cependant, on finit par causer raison. Louise, le cœur sur la main, voulait tirer son père d'embarras. Un instant, elle parla de le prendre avec elle ; mais ce n'était guère possible. Enfin, elle eut une idée : elle lui demanda s'il consentirait à garder une propriété, qu'un monsieur venait de lui acheter, près de Mantes. Il y avait là un pavillon, où il vivrait très bien, avec deux cents francs par mois.

— Comment donc ! mais c'est le paradis ! cria Berru qui acceptait pour son camarade. S'il s'ennuie, j'irai le voir.

La semaine suivante, Damour était installé au Bel-Air, la propriété de sa fille, et c'est là qu'il vit maintenant, dans un repos que la Providence lui devait bien, après tous les malheurs dont elle l'a accablé. Il engraisse, il refleurit, bourgeoisement vêtu, ayant la mine bon enfant et honnête d'un ancien militaire.

Les paysans le saluent très bas.

Lui, chasse et pêche à la ligne. On le rencontre au soleil, dans les chemins, regardant pousser les blés, avec la conscience tranquille d'un homme qui n'a volé personne et qui mange des rentes rudement gagnées. Lorsque sa fille vient avec des messieurs, il sait garder son rang. Ses grandes joies sont les jours où elle s'échappe et où ils déjeunent ensemble, dans le petit pavillon. Alors, il lui parle avec des bégaiements de nourrice, il regarde ses toilettes d'un air d'adoration ; et ce sont des déjeuners délicats, toutes sortes de bonnes choses qu'il fait cuire lui-même, sans compter le dessert, des gâteaux et des bonbons, que Louise apporte dans ses poches.

Damour n'a jamais cherché à revoir sa femme. Il n'a plus que sa fille, qui a eu pitié de son vieux père, et qui fait son orgueil et sa joie. Du reste, il s'est également refusé à tenter la moindre démarche pour rétablir son état civil. À quoi bon déranger les écritures du gouvernement ? Cela augmente la tranquillité autour de lui. Il est dans son trou, perdu, oublié, n'étant personne, ne rougissant pas des cadeaux de son enfant ; tandis que, si on le ressuscitait, peut-être bien que des envieux parleraient mal de sa situation, et que lui-même finirait par en souffrir.

Parfois, pourtant, on mène grand tapage dans le pavillon. C'est Berru qui vient passer des quatre et cinq jours à la campagne. Il a enfin trouvé, chez Damour, le coin qu'il rêvait pour se goberger. Il chasse, il pêche avec son ami ; il vit des journées sur le dos, au bord de la rivière. Puis, le soir, les deux camarades causent politique.

Berru apporte de Paris les journaux anarchistes ; et, après les avoir lus, tous deux s'entendent sur les mesures radicales qu'il y aurait à prendre : fusiller le gouvernement, pendre les bourgeois, brûler Paris pour rebâtir une autre ville, la vraie ville du peuple. Ils en sont toujours au bonheur universel, obtenu par une extermination générale. Enfin, au moment de monter se coucher, Damour, qui a fait encadrer la photographie d'Eugène, s'approche, la regarde, brandit sa pipe en criant :

— Oui, oui, je te vengerai !

Et, le lendemain, le dos rond, la face reposée, il retourne à la pêche, tandis que Berru, allongé sur la berge, dort le nez dans l'herbe.